家ネコのボクが、にんきものになるまで

ヤスミン・スロヴェック 作
横山和江 訳

文研出版

アレックス、ヴィクター、パピー
そして うちのネコたちへ

MY PET HUMAN TAKES CENTER STAGE
by Yasmine Surovec
Copyright ⓒ 2017 by Yasmine Surovec

Published by arrangement with Roaring Brook
Press, a division of Holtzbrinck Publishing Holdings
LP through The English Agency (Japan) Ltd.
All rights reserved.

1 オリバー、学校へいく　1
2 やっかいな、おきゃく　21
3 そばかすちゃんの計画　39
4 こんなことにニャるなんて　63
5 ずっと友だち　83

1
オリバー、学校へいく

ボク、オリバー。この子は、ノラネコだったボクの家族であり、さいこうのあいぼうになった、そばかすちゃん。ボク、そばかすちゃんをしっかりトレーニングしたんだ。

おかげで、おやつをもらえるし、せなかをなでなでしてもらえる。そばかすちゃん、きょうから、あたらしいところで、トレーニングをうけるんだって。「学校」っていうんだ。

わすれものは、ないかな？
えんぴつは、あるよね？
ノートは？　だいじょうぶ。
かばんは？　もちろんある！

かわいいネコは？
ぜったいに
わすれちゃダメだよ

　え？　ボク、いっちゃダメなの？
　でも、1日じゅう家でるすばんしてるなんて、イヤだよ。家にいても、たのしいことはあるけどね。ダンボール箱(ばこ)であそべるし、オリーブとツナのサンドイッチもたべられる。
　でも、そばかすちゃんがいるからこそ、この家はたのしいのにさ。

だいいち、学校には、まえにもいったことがあるもん。すごく大きなトイレがあったよ。ヒトが「すなば」って、よんでたヤツさ。

そばかすちゃんの気持ち(きも)を、かえなくちゃ。
でも、そばかすちゃんは学校のことで、
頭がいっぱいみたいだ。

「おでこコッツン」
してみたし、

ゴロゴロ

あまえてもみた。

「必殺(ひっさつ)ウルウルおめめ」も、
してみた。

こりゃあ、じぶんで、なんとかするしかなさそうだ。ボクをおいてそばかすちゃんが学校にいくわけがない。ボクがいなけりゃ、こまるにきまってる。

そばかすちゃんがくつをはいているすきに、かばんのなかにこっそりしのびこんだ。きゅうくつだし、ペンがちくちくする！

でも、このくらいがまんしよう。そばかすちゃんを、まもってあげなくちゃね。だって、ボクの家族だもん。

バスにのって、学校へつくと……

ろうかを、すすんでいった……

そろそろ、そとにでてみるかな。いきぐるしくなってきちゃった！

どこもかしこも、ヒトの子どもだらけだな。

　あ！　リアム。ボクの友だち、ネズミのジョージの家族だよ。そばかすちゃんの友だちでも、あるんだ。

うわっ！　子どもたちが、ボクのからだをさわりはじめた。
ほっぺたを、くすぐるし、まえあしを、ギュッとにぎってくる。
こんなに注目されたの、うまれてはじめて！

　そばかすちゃん、どうしたのかな？
なんだかおこってるみたい。
ボクが学校についてきたのにも、
もんくがありそうだ。

ふうっ。やっと、そばかすちゃんにだっこしてもらえる。

そのとき、かおに毛がはえてるヒトが話にわりこんできた。

ボクは目をまんまるにする、「必殺ウルウルおめめ」で、かわいさ全開にしたよ。

ボクを、かばんにもどすわけにも、いかないよね。

なんでまた「ふわもふフレンズクラブ」なんていう、
なまえにしたんだろう？

オリーブとツナのサンドイッチを、もらえるかな？

「ふわもふフレンズクラブ」は、このへやにあるみたい。
そこにいたた女のヒトは、ものすごくネコがすきそうだ。

そばかすちゃんは、ボクがへやにいてもいいか女のヒトにきいた。じゃないと、家にかえされちゃう、って。そうなったら、よりみちして、なにかたべてもいいけどね。くるるんパスタのお店がサイコーだな。

ふわもふフレンズクラブって、動物がすきな子のあつまりというだけじゃないんだな。いいことも、たくさんしてるみたい。

そばかすちゃんがクラブにはいることにしたから、リアムもなかまいりした。女のヒトが「ふわもふイベント」についてせつめいするあいだ、ずっと話をきいてなきゃいけなかった。ボク、おなかがすいてたまらなくなっちゃったよ。

せなかを、なでなでしてほしいんだけどなぁ？

そばかすちゃんたちは、イベントでなにをするかを
ねっしんにそうだんしてる。つまんなすぎて、
あくびがでちゃう。

ネコとイヌのファッションショーをしたいです！
うちのバターカップちゃんがバレリーナの
かっこうをしたら、かわいいはずだもん！

車をあらうのは
どうかな？

おかしをつくって
うるのは？

ネコとイヌのファッションショー？
そんなの、どうかと思うよ。

たてものをひろげる工事が
おわるまでのあいだだけ、
保護センターのイヌやネコたちを、しばらく
あずかってくれる人はいませんか？

うちは子ネコを、あずかれると思います！

子ネコを、うちで、あずかるの？
ええっ、ボクがいるのに？

じょうだんじゃない！　ボクのいばしょは、どうなるの？　ひとりっ子タイプのネコなのに。子ネコなんて、いらないよ。

うーん、どうかんがえてもイヤだ。ボクのなわばりに、子ネコがはいってくるなんて！

2
やっかいな、おきゃく

土よう日のあさ、そばかすちゃんのお母さんが保護センターへいってきた。あーあ。ボクは子ネコになんて、あいたくないな。

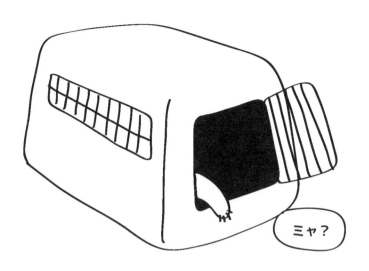

ふとっちょで、うすよごれたチビのネコにきまってるよ。
そばかすちゃん、おどろいて、にげちゃうはずさ。

ほらね。イヤなかんじで、ゾッとするでしょ？

えんりょなんて、
これっぽっちもない。

ボクのおきにいりの
ダンボール箱（ばこ）で
あそんじゃうし、

ボクのごはんを、たべちゃう。

きたそばから、まえからこの家にいたみたいに
くつろいでる。

あの小さいまえあしで、ボクの家族(かぞく)の心を、ぎゅっとわしづかみにしちゃったんだ。

かわいくてたまらないのは、チビネコじゃない。ボクだよ！

けど、そばかすちゃんはチビネコに
メロメロみたいだ。

チビネコは、ボクにもすりよってくる。
うへぇ。パイナップルにすりすりするほうが、ましだよ。

もう、にげだすしかない。友だちのベンの家へいこう。

イヌのベンは、大すきな友だちだよ。ベンには、子どもの家族が、すっごくたくさんいる。

ネコのファーラとネズミのジョージも、
ベンの家にいるはず。信じあえる友だちがいるのって、
たいせつだよね。

ヒトって、わかってないなぁと思うときがある。
でも、ボクの友だちはわかってくれるよ。

友だちといると、いつでも気持ちがラクになれるよ。

それに、すごくいいアドバイスをしてくれるときもある。

家族（かぞく）にやさしくしたら、もっと気にかけてもらえるかもしれないワン

たしかに、そうかも。

どっちにしても家にかえるニャ。ちょっとそとにでたかっただけニャンだ

ボクは、ある計画をたてて家へかえった。とくいのワザを
ひろうしたら、気にかけてもらえるかもしれない、ってね。

うたを、うたっ
てみせた。

トイレット
ペーパーで、
お手玉してみせた。

ただでさえイヤな気持ちになってるのに、チビネコとなかよくしろなんて、ひどいんじゃない？

ちょっと、コイツがいなくなったらおしえてよ。
それまでダンボール箱(ばこ)のなかに、とじこもってやる。

あそぼう！
あそぼうよ！
あそんでよ！
あそんでったら！
あそんでってば！

だれか、コイツをだまらせてくれないかな。

でも、ヒトはボクたちを見て、なかよくしてる
と思ったみたい。

ああっ！
ボクのとっておきのおやつが！

わあ、おやつをぜんぶ、
たべちゃいそうね

頭がいたくなってきた。おひるねするしかないな。

ミャア！

3

そばかすちゃんの計画

この家にチビネコが来て3日がたつけど、ボクの
イライラはひどくなるばかり。そばかすちゃんが学校から
かえってくると、すごくホッとするよ。

ただいま。
友だちをつれてきたの。
イベントでなにをするかを、
そうだんするんだ

そばかすちゃんたちは、イベントのそうだんをはじめた。
なーんだ、つまんない。

まさか、うそでしょ？ ボクをトレーニングするの？
ボクが、そばかすちゃんをトレーニングしたんだよ。
そのぎゃくは、ありえないって。

すごくかんたんよ。わたしが手をあげたら、
オリバーがねそべるように、おしえたことがあったもん

ああ、あれか。そばかすちゃんが、どうしてほしいか
わからなかったから、ひるねをしただけなんだけどな。

　そばかすちゃん、ほんきかな？　ヒトから、さしずされるもんか！
　おまけに、みんなのまえでなんて、じょうだんじゃない！

ジンとリアムがかえると、そばかすちゃんは、さっそく
じゅんびにとりかかった。

さてと。どうしようかな。
この箱(はこ)に、いろんな小道具(こどうぐ)が
はいってるから、ショーに
つかえるんじゃないかな

おっ、いいねえ。
この計画をちょっとすきになっちゃうかも。
ダンボール箱(ばこ)をつかうんならね。
ボクのおきにいりだもん!

なーんだ、そんなのでいいの？　ボクなら、もっとすごいワザが、
できちゃうよ。おっと、いっちゃった。よし、そばかすちゃんの
出しものにでてあげよう。だって、ボクの家族(かぞく)だから。
そばかすちゃんに、よろこんでもらいたいもんね。

それに、なんとしても、そばかすちゃんの気持ちを、チビネコからボクにむけさせたい。
そばかすちゃんを、とりもどしたいんだ……。

見てろよ、チビネコ。

トレーニングすると、おやつをもらえるのは、サイコーだね！
おまけに、ボクのすばらしさを、みんなに見せてあげられる。

こんなにワザを、じょうずにできるなら、イベントで
一等賞にえらばれるんじゃないかな。

おやつ、おやつ！ ツナにチキン、エビのかけら、おまけにオリーブも！ だいこうぶつだ！

「そうそう、わすれるところだった。ぶたいのいしょうを、よういしたの!」

「ちびちゃんには、ダンボールでつくったかわいいティアラよ」

「!」

「オリバーには、ハロウィーンようにとっておいた、道化師(どうけし)のえり!」

まさか、じょうだんでしょ?

4
こんなことにニャるなんて

ものすごくたくさんのヒトがきてる。こんなにあつまるとは思ってなかったよ。だって、イヌやネコのファッションショーを見たい？　ネズミがトンネルをとおるの、見たいかな？
ネコのワザって、どうよ？

ジョージは、ラクでいいよね。だって、チーズめざして
トンネルをかけぬければ、いいだけなんだから。

ジンの出しものにでるネコとイヌたちは、
ふくをきせられてる。ファッションショーに
でなくて、ほんとによかったよ。

そばかすちゃんは、そわそわして、きんちょうしてるみたい。
　なんだか、かわいそうだな。ボクたちの出しものがせいこうするように、がんばるよ。すくなくとも、ジンのネコみたいな、ばかげたふくをきなくていいもん。

ひゃあ！ ボクたちの出番、ジンのつぎのはず。

出しものは、いいかんじにすすんでるみたいだ。

そして、とうとうボクたちの出番になった。うわぁ！
思ってたより、たくさんのヒトが、ボクたちを見てる。

とたんに、みんながわらいだした。

そばかすちゃん、すごいなぁ。プロみたい。

でも、まぶしい光にてらされて、なんにも見えないや。だから、目をぱちくりしてみた。
　とたんに、じょうずにできなかったらどうしようとしんぱいになった。もし、だいなしにしちゃったら？　そばかすちゃんを、こまらせたくないのに！

みんな、くすくすわらってる。そばかすちゃんは、しんぱいそうだけど、やめずに、そのままつづけた。

ええ、うそでしょ？　みんな、おおわらいしてる。

ボクは、たべたおやつをぜんぶはきだした。
たべすぎと、ヒトのまえできんちょうしたせいで、
こんなことにニャるなんて。

5
ずっと友だち

そばかすちゃんは、おいしゃさんのところへ
ボクをつれていってくれた。

だいじょうぶ。ゆっくり
やすませるといいよ……。
おやつを、あげすぎないでね

おなかは、ましになったけど、どこかがチクチクしはじめた。
ボクのこころだ。プライドも。そばかすちゃんの出しものを
だいなしにしちゃったんだもの。

みなさん、今日は、ありがとうございました！ みぢかなところで、お子さんたちが、ねっしんに活動してくださり、とてもうれしいです。みなさんのおかげで、保護センターをひろくする工事は予定通りにすすんでいます。工事が終わったら、あそびにきてくださいね！

ジンのファッションショーにもかんしゃします。ショーにでたネコやイヌたちを、ひきとりたいという話があるんですよ

いしょうづくり、ママにてつだってもらったの！

ボクは、はずかしくてたまらなかった。どこかにかくれちゃいたいよ。ロイさんは、そばかすちゃんの出しものについて、ひとこともいってくれないんだもん。友だちがなぐさめにきてくれたから、ほっとしたよ。

そばかすちゃんは、きんちょうしてたのに、
どうどうとやってのけた。しっぱいしちゃったのは、
ボクだけだ。

びっくりな話だけど、ジンとリアムによれば、ボクたちの出しものは
大にんきだったんだって。みんなに、おもしろがられたらしい。
イベントのしめくくりに、ぴったりだったそうだ。ボクは、
だいなしにしちゃったとおもってたのにな。

チビネコが、どうどうとしていたおかげか、
ひきとりたいヒトが、たくさんいるらしい。

へえ、いいじゃないか。
チビネコがひきとられるなんて、しらなかったな。

ボクの、ごはんも。

ボクのベッドも。

これで、よかったんだよね?

すくなくとも、チビネコは
たのしそうだったもん。

かくれんぼができなくなるのは、
さびしいけど。

せんたくものにうもれたチビネコ、
かわいかったなぁ。

おなかをくすぐられるのも、
すきだったな。

ベンの家族(かぞく)がチビネコといっしょにいるのを見て、うるうるしちゃった。チビネコがきんじょにすむことになって、ホッとしたみたい。でも、だれにもナイショだよ。

ええと、これで、さよならだね。
きょうから、べつべつの家でくらすけど、
あたらしい家は、しんぱいないよ。
ベンも家族(かぞく)も、すっごくいいヤツだから

チビネコをたいせつにしてくれるのは、
ベンの家族(かぞく)しかいないもんね。

ほら、やさしくしてあげてね。
まだ、ちいさいんだから

なまえは、ペチュニアがいい!

オリバー、またね。たまには
チビネコをつれていくワン。
ワフワフ!

また、そばかすちゃんをボクだけのものにできて、うれしいな。

おしまい

作者　ヤスミン・スロヴェック

フィリピン出身、アメリカ在住。夫と犬と猫とともに暮らしている。「ネコ対ヒト」（Cat vs Human）という猫を溺愛する人間の日常を描いたマンガ形式のブログ（http://www.catversushuman.com/）が人気を博し、書籍でも何作か出ているほか、猫が登場する絵本『I See Kitty』、『A Bed for Kitty』も刊行されている。本書は『My Pet Human』（『ノラのボクが家ネコになるまで』横山和江訳／文研出版）の続編。

訳者　横山和江（よこやま　かずえ）

埼玉県生まれ。訳書のうち児童書は『わたしの心のなか』（鈴木出版）、『次元を超えた探しもの　アルビーのバナナ量子論』（くもん出版）、『14番目の金魚』（講談社）、絵本は『わたしたちだけのときは』（岩波書店）、『フランクリンの空とぶ本やさん』（BL出版）、『300年まえから伝わる　とびきりおいしいデザート』（あすなろ書房）、『キツネのはじめてのふゆ』（鈴木出版）などがある。「やまねこ翻訳クラブ」（http://yamaneko.org/）会員。

文研ブックランド

家ネコのボクが、にんきものになるまで　2018年3月30日　第1刷
　　　　　　　　　　　　　　　　　　　　2019年10月30日　第2刷

作　家	ヤスミン・スロヴェック	
訳　者	横山和江	ISBN978-4-580-82339-6
装　幀	中嶋香織	NDC933　A5判　108p　22cm
発行者	佐藤諭史	
発行所	文研出版　〒113-0023　東京都文京区向丘2-3-10　☎(03)3814-6277	
	〒543-0052　大阪市天王寺区大道4-3-25　☎(06)6779-1531	
	https://www.shinko-keirin.co.jp/	
印刷所／製本所	株式会社太洋社	

©2018　K.YOKOYAMA

・定価はカバーに表示してあります。
・万一不良本がありましたらお取りかえいたします。
・本書のコピー、スキャン、デジタル化等の無断複製は著作権法上での例外を除き禁じられています。本書を代行業者等の第三者に依頼してスキャンやデジタル化することは、たとえ個人や家庭内の利用であっても著作権法上認められておりません。